Terríveis prazeres:
por dentro de Terríveis Mestres

Com Oscar Nestarez

São Paulo: Novo Século, 2020

SUMÁRIO

Edgar Allan Poe |
Histórias primordiais
5

H.P. Lovecraft |
Histórias favoritas
9

Sir Arthur Conan Doyle |
Histórias de horror
13

Aos terríveis mestres,
com carinho
por Oscar Nestarez
17

Edgar Allan Poe

nasceu em 19 de janeiro de 1809, em Massachusetts, Estados Unidos. Filho de David Poe e Elizabeth Arnold, atores de teatro, ficou órfão de mãe e foi abandonado por seu pai. Nunca foi formalmente adotado, porém foi acolhido por uma família bem posicionada financeiramente em Baltimore, na Virgínia, que lhe proporcionou uma educação de qualidade, com os melhores professores da época.

Foi um escritor de contos e poesia, crítico literário e editor. Famoso por seu cultivo do mistério e do macabro, escreveu em 1845 *O corvo* (The Raven), que viria a se tornar, anos mais tarde, um dos mais conhecidos poemas da literatura mundial. Sua genialidade também pode ser vista em contos, gênero que ajudou a criar, assim como nas histórias de detetive modernas, que se estabeleceram a partir de "Os assassinatos na rua Morgue" (1841), em que somos apresentados ao peculiar *monsieur* C. Auguste Dupin, criminologista notável por sua inteligência durante a investigação de misteriosos casos de assassinato - décadas antes do icônico Sherlock Holmes.

A atmosfera em seus contos de horror é inigualável na ficção americana e foi responsável por influenciar outros grandes autores, especialmente na França, como Charles Baudelaire e Stéphane Mallarmé, mas também fora dela, impactando nomes como Arthur Conan Doyle, H.P. Lovecraft e Stephen King.

Faleceu em uma taberna de Baltimore, no dia 7 de outubro de 1849, em decorrência de doenças causadas pelo uso exagerado de bebidas alcoólicas, vício contra o qual sempre lutou durante sua conturbada vida.

FICHA TÉCNICA

NOME COMPLETO
Edgar Allan Poe
NASCIMENTO
19/01/1809
MORTE
07/10/1849
NACIONALIDADE
Norte-americana
GÊNEROS PUBLICADOS
Mistério
Horror
Fantasia
PRINCIPAL OBRA
O corvo

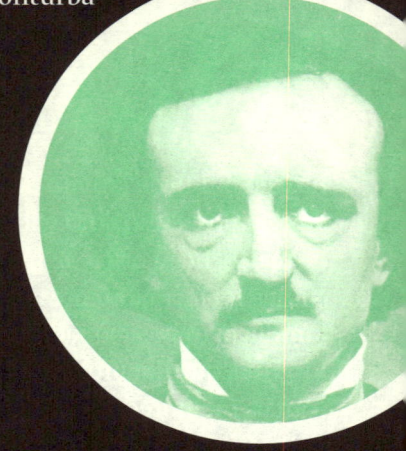

Título em português
A queda da casa de Usher
A máscara da Morte Vermelha
O gato preto
Pequena conversa com a múmia
A verdade sobre o caso do senhor Valdemar
O barril de Amontillado
Bônus: O corvo

Quantidade de páginas: 112.
Formato: 13,7 x 21 cm.
Encadernação: brochura.

Histórias primordiais

Uma seleção de trabalhos consagrados, portanto primordiais, de Edgar Allan Poe.
Contempla os seguintes contos:

Título original	Periódico	Data da publicação original
The Fall of the House of Usher	Burton's Gentleman's Magazine	1839
The Masque of the Red Death	Graham's Magazine	1842
The Black Cat	United States Saturday Post	1843
Some Words with a Mummy	American Review: A Whig Journal	1845
The Facts in the Case of M. Valdemar	The American Review	1845
The Cask of Amontillado	Godey's Lady's Book	1846
The Raven	New York Evening Mirror	1845

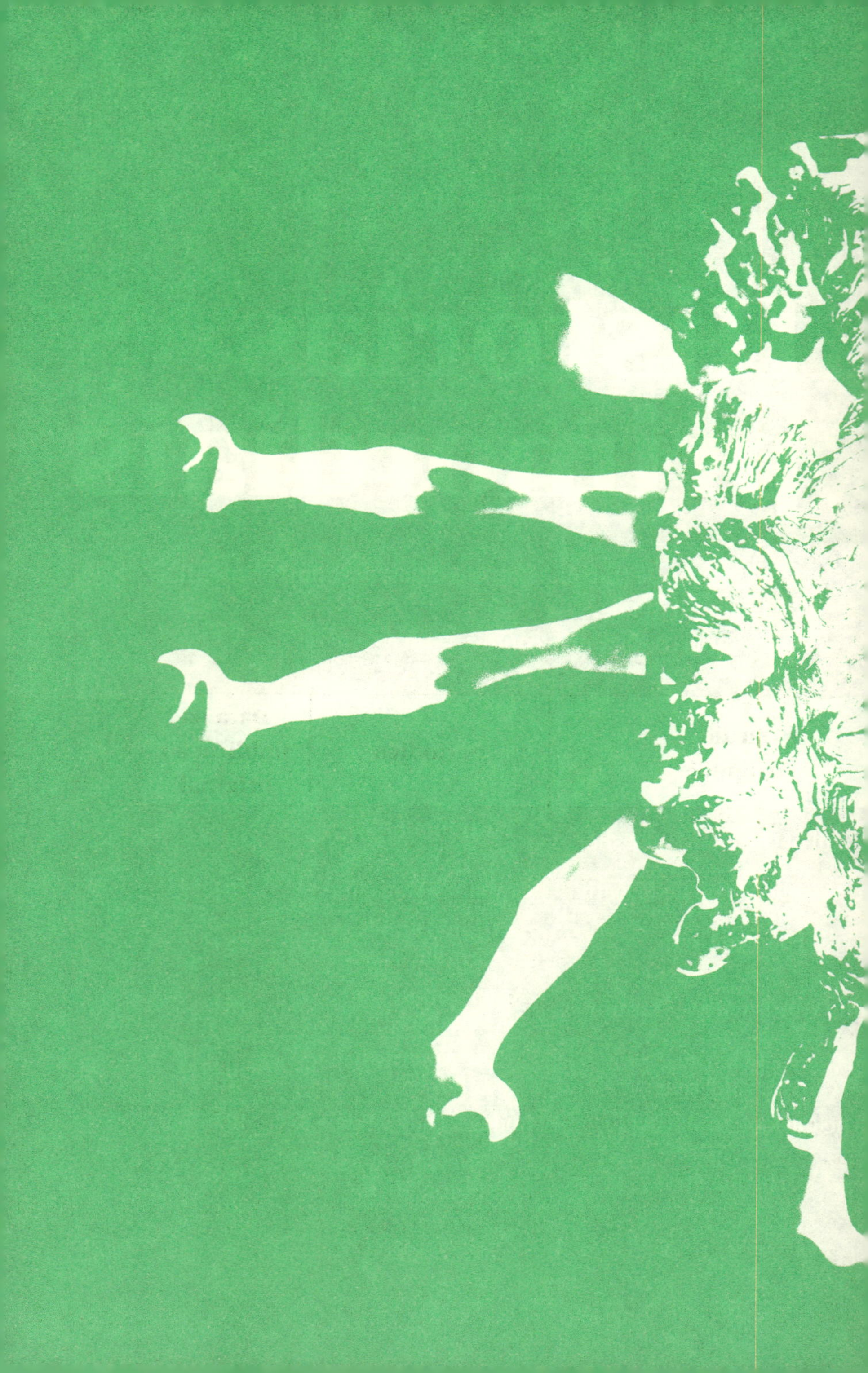

H.P. Lovecraft

nasceu em Providence, estado de Rhode Island, Estados Unidos, no dia 20 de agosto de 1890. O jovem Howard Phillips foi criado pela mãe, pois o pai vivia internado em clínicas de repouso em virtude de uma crise nervosa. Desde pequeno demonstrava muita afinidade pela poesia, tendo escrito seus primeiros versos com apenas 6 anos de idade. Sofria de uma doença rara chamada poquilotermia, que mantinha sua pele constantemente gelada. Sua mãe faleceu em 1921, antes de conhecer as publicações profissionais do filho.

Somente aos 27 anos de idade Howard se aventuraria pelo gênero do terror, que o consagraria como um dos mais proeminentes autores do mundo. Também atuou como jornalista, época em que conheceu sua esposa, Sonia Greene; o matrimônio, contestado pela família, durou apenas cinco anos. Após o término, sua carreira alavancou. Mantinha contato com jovens romancistas e se tornou amigo próximo de Robert E. Howard, criador das histórias de Conan, o Bárbaro.

As obras de Lovecraft revelam um universo hostil ao homem e indiferença às crenças e às atividades humanas. Ele criou várias entidades fictícias anti-humanas, destilando através delas um feroz pessimismo e um agudo cinismo e desafiando valores e condutas. Muitas de suas obras foram baseadas em seus próprios pesadelos.

Publicou apenas um romance, *O Caso de Charles Dexter Ward*, e vários contos que o tornaram famoso. O número reduzido de leitores em vida cresceu com o passar das décadas, até fazer do escritor um dos mais influentes da literatura do século XX.

Seus últimos anos de vida foram conturbados; estava sobrecarregado trabalhando também como revisor e *ghost writer*. Seus textos ficavam cada vez mais complexos e extensos, com pouco apelo comercial. O suicídio do amigo Robert E. Howard, em 1936, o deixou bastante abalado. No mesmo ano, o cancro intestinal que o afetava evoluiu vertiginosamente. Incapaz de suportar tantas dores, internou-se em março de 1937 no Hospital Memorial Jane Brown, onde faleceria no dia 15, aos 46 anos.

FICHA TÉCNICA

NOME COMPLETO
Howard Phillips Lovecraft
NASCIMENTO
20/08/1890
MORTE
15/03/1937
NACIONALIDADE
Norte-americana
GÊNEROS PUBLICADOS
Terror
Fantasia
Ficção científica
PRINCIPAL OBRA
O chamado de Cthulhu

Título em português
Os ratos nas paredes (conto)
A cor que caiu do céu (conto)
O chamado de Cthulhu (conto)
O horror de Dunwich (conto)
Nas montanhas da loucura (novela)
A sombra de Innsmouth (novela)

Quantidade de páginas: 400.
Formato: 13,7 x 21 cm.
Encadernação: brochura.

Histórias favoritas

Uma seleção dos trabalhos mais aclamados pelos fãs, portanto favoritos, de H.P. Lovecraft.
Contempla os seguintes contos e novelas:

Título original	Data em que foi escrito	Data da publicação original
The Rats in the Walls	1923	1924
The Colour out of Space	1927 (mar.)	1927 (set.)
The Call of Cthulhu	1926	1928
The Dunwich Horror	1928	1929
The Mountains of Madness	1931	1936
The Shadow over Innsmouth	1931	1936

Sir Arthur Conan Doyle

nasceu em 22 de maio de 1859 em Edimburgo, Escócia. Sua infância foi marcada pela ausência de uma figura paterna, já que seu pai sofria de epilepsia, depressão e alcoolismo, o que o levou à internação em 1893.

Mary Foley, mãe do autor, tinha o hábito de contar histórias de aventura e de heróis para Doyle e seus nove irmãos, dos quais ele era o mais velho. Essas histórias viriam a ser inspiração do autor para seus trabalhos.

Após ser enviado para um colégio jesuíta e ter passado a detestar o cristianismo, Doyle escolheu estudar Medicina na Universidade de Edimburgo. Lá, conheceu o Dr. Joseph Bell, conhecido por seus métodos dedutivos; o eminente professor influenciaria não só a criação de Sherlock Holmes como também serviria de referência em termos de figura paterna.

Doyle chegou a atuar como médico após ter se formado, em 1883. Durante esse período, também começou a escrever uma história protagonizada por um tal de Sherrinford Holmes, que resolvia crimes ao estilo de Joseph Bell, em que a ciência dava lugar ao romance.

Em 1887, é publicada a primeira história de Sherlock, *Um estudo em vermelho*, e logo o personagem se tornou um sucesso.

Após se envolver com atividades militares a partir de 1900, o autor parece ter passado a encarar a vida de outra maneira. Foi aí, também, que surgiu o seu interesse pelo espiritismo, religião que ajudou a propagar nos seus últimos anos de vida, inclusive em missões ao redor do mundo. Isso contribuiu para desgastá-lo fisicamente. Em 1929, após sofrer fortes dores no peito, foi diagnosticado com angina. Chegou a sofrer um ataque cardíaco e, depois, foi encontrado morto em casa, segurando uma flor branca nas mãos.

Em meio à vasta produção do autor encontram-se histórias policiais, poesias, peças, dramas, romances históricos, tratados e, claro, histórias de terror.

FICHA TÉCNICA

NOME COMPLETO
Arthur Ignatius Conan Doyle
NASCIMENTO
22/05/1859
MORTE
07/07/1930
NACIONALIDADE
Escocesa
GÊNEROS PUBLICADOS
Mistério
Ficção científica
Não ficção
PRINCIPAL OBRA
Um estudo em vermelho

Título em português

O caso de lady Sannox

A nova catacumba

O gato brasileiro

O funil de couro

O terror da Fenda de Blue John

O horror das alturas

Quantidade de páginas: 128.
Formato: 13,7 x 21 cm.
Encadernação: brochura.

Histórias de horror

Uma seleção de trabalhos assombrosos, portanto de horror, de Sir Arthur Conan Doyle.
Contempla os seguintes contos:

Título original	Periódico	Data da publicação original
The Case of Lady Sannox	The Idler	1893
Burger's Secret*	The Sunlight Year-Book	1898
The Story of the Brazilian Cat	The Strand Magazine	1898
The Leather Funnel	The Strand Magazine	1903
The Terror of Blue John Gap	The Strand Magazine	1910
The Horror of the Heights	The Strand Magazine	1913

* O título "The New Catacomb" começou a ser usado em coletâneas a partir de 1900.

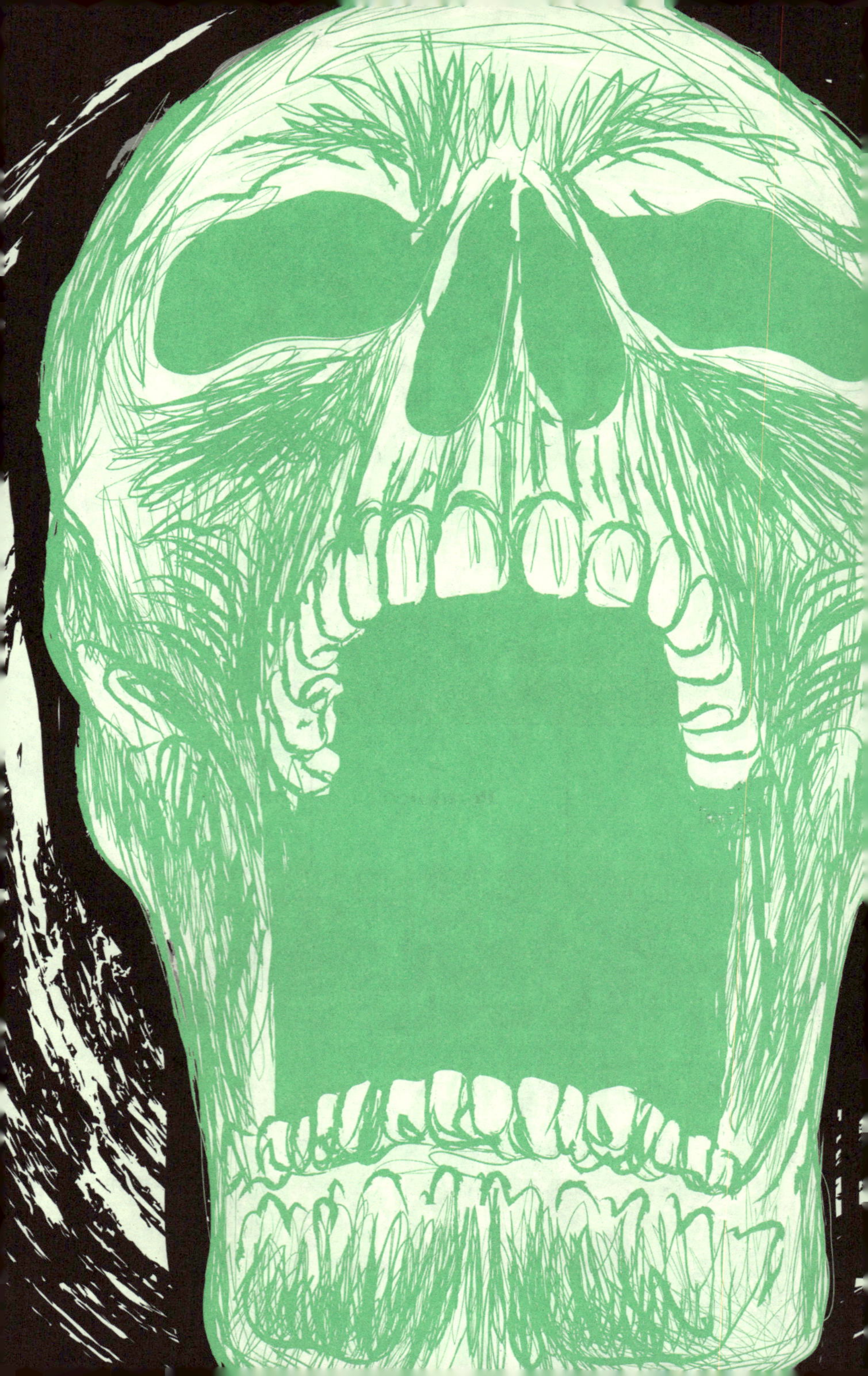

AOS TERRÍVEIS MESTRES, COM CARINHO

por Oscar Nestarez

Escritor e pesquisador da ficção literária de horror. Mestre em Literatura e Crítica Literária pela PUC-SP e doutorando em Estudos Comparados de Literaturas de Língua Portuguesa pela USP. Participou da coletânea *Horror adentro* (Kazuá) e é autor do romance *Bile negra* (Empíreo). Também é colunista da revista *Galileu*.

"Eu prefiro começar com a consideração de um efeito", confessou Edgar Allan Poe no ensaio "A filosofia da composição". Publicado originalmente em 1846, o texto revela ao mundo o processo criativo da obra mais famosa do autor norte-americano: o poema O corvo, lançado um ano antes. Trata-se de uma reflexão que envolve desmontar e remontar a narrativa diante dos nossos olhos. Decisão após decisão, peça por peça, o poema ressurge como um projeto cuja função é, acima de tudo, causar uma *emoção específica* — no caso, a melancolia, "o mais legítimo de todos os tons poéticos".

Hoje, 174 anos depois, o ensaio de Poe se tornou a pedra angular da ficção literária de horror. E é fácil compreender essa importância. O termo "horror" vem do verbo em latim *"horrere"*, que significa "estremecer", "arrepiar-se"; ou seja, a própria conceituação se caracteriza por um efeito, uma reação. E, conforme observamos em "A filosofia da composição", Poe aplicou um rigoroso método na busca pelo chamado efeito estético da melancolia. O mesmo método adotado na escrita de diversas outras obras, sobretudo nos contos que hoje são considerados como clássicos de horror.

Desde então, esses relatos têm exercido seu fascínio sobre o mundo; têm colecionado "vítimas" ao longo do tempo. Duas delas contribuíram enormemente para consolidar a categoria literária que, como construção retórica e consciente de si, nascia para valer ali: o também norte-americano Howard Phillips Lovecraft e o escocês Sir Arthur Conan Doyle. Por motivos diferentes, ambos — assim como Poe — dispensam apresentações. No entanto, é a primeira vez que os três autores se reúnem sob a sinistra luz do horror, perfilados como os terríveis mestres que de fato são. Trata-se de uma oportunidade única para ouvirmos o que sussurram entre si, como dialogam suas obras e de que modo seus relatos fortaleceram não somente o horror literário, mas seus subgêneros.

POE: O MAIOR E MAIS TERRÍVEL MESTRE

Comecemos pelo próprio Edgar Allan Poe, que foi o pioneiro também na cronologia. Afinal, ele nasceu em janeiro de 1809, em Boston, e faleceu em outubro de 1849, em Baltimore. Conan Doyle nasceria quase dez anos após essa data, em maio de 1859, e Lovecraft viria ao mundo somente em agosto de 1890. Não é exagero, portanto, posicionarmos Poe como o epicentro dos abalos sísmicos provocados pelas narrativas literárias de horror; como a fonte dos estremecimentos que, até hoje, sentimos diante de um texto que tenha a intenção de causá-los. Enfim, como o maior e mais terrível dos mestres.

Já mencionamos o ensaio que, em certa medida, justifica essa posição. Mas é na ficção que encontramos as provas irrefutáveis do papel fundador de Poe. Neste box, temos alguns dos mais contundentes exemplos deste trabalho: os contos "A queda da casa de Usher", "A máscara da Morte Vermelha", "O gato preto", "Pequena conversa com a múmia", "A verdade sobre o caso do senhor Valdemar" e "O barril de Amontillado". Temos ainda, como bônus, o já mencionado poema *O corvo* em duas versões: as traduções de Fernando Pessoa e de Machado de Assis.

Estamos diante de inegáveis clássicos *poeanos*, sobretudo pela forma como os contos exploram diferentes caminhos para atingir o efeito do horror, ou de emoções a ele associadas. Alguns dos contos, por exemplo, avançam rumo ao sobrenatural. É o caso de "A máscara da Morte Vermelha", em que um rei tenta impedir o avanço de uma peste devastadora ao confinar mil cavalheiros e damas de sua corte em uma abadia fortificada; em dado momento, o monarca resolve oferecer um baile de máscaras, no qual se manifesta uma presença tão implausível quanto sinistra.

Cientificismo e locus horribilis

Em "A verdade sobre o caso do senhor Valdemar", o inexplicável e o grotesco caminham *pari passu*. O personagem do título, um moribundo, aceita participar de um experimento macabro: ser hipnotizado no momento em que estiver de fato à beira da morte. Assim acontece. E, por longos meses, o senhor Valdemar permanece em uma espécie de limbo, nem vivo, nem morto, comunicando-se por meio de vibrações da língua — uma cena de que não nos esquecemos facilmente.

Vale destacarmos, neste conto, o expediente narrativo que será uma das marcas de H.P. Lovecraft: o caráter cientificista da história. Já no título temos a palavra "verdade" ("*facts*", em inglês), essencial para a contextualização, uma vez que revela que o ocorrido é algo que pode ser provado. E é o narrador, homem de ciência, que realiza os passes de hipnose na companhia de um médico. Poe se vale do saber científico da época — do mesmerismo e dos experimentos com o magnetismo então em voga — para imprimir veracidade ao relato. Mais à frente, veremos como Lovecraft aprimora esse procedimento de narração.

Por outro lado, "A queda da casa de Usher" trabalha com a nossa hesitação. Resiste a conclusões imediatas a história do narrador-personagem, que vai visitar a mansão de um amigo de infância e se depara com um cenário de vagarosa e delirante ruína.

O que de fato aconteceu com a irmã gêmea de Roderick Usher, Madeline? Qual é a causa da queda de tudo, de todos? Diferentemente de "A verdade sobre o caso do senhor Valdemar", aqui Poe oculta certos fatos de modo a despertar incertezas, em um procedimento que o teórico franco-búlgaro Tzvetan Todorov apontou como determinante da literatura fantástica no ensaio *Introdução à literatura fantástica* (1970). Além disso, o relato se filia à tradição gótica pela via do *locus horribilis*, expressão latina para o "lugar horrível" que é marca dessas narrativas desde a publicação de *O Castelo de Otranto*, de Horace Walpole, em 1764.

Com a palavra, os monstros
Já nos contos "O gato preto" e "O barril de Amontillado", as estratégias são outras. As marcas do sobrenatural dão lugar àquilo que pode ser ainda mais assustador: a maldade e a perversidade humanas. Em ambos os casos, Poe nos conduz

a jornadas pelos recônditos mais sinistros da nossa natureza. No primeiro conto, acompanhamos uma figura impulsiva que vai se tornando mais e mais violenta, submetendo aqueles que ama a terríveis atos "pelo simples motivo de saber que é *proibido*".

Personagem bem distinto é o narrador de "O barril de Amontillado". Gélido e maquiavélico, ele nos apresenta seu medonho plano de vingança contra Fortunato, um velho conhecido que o havia ofendido. Vingança atroz, vingança assombrosa, cuja isca é o vinho espanhol do título. Uma narrativa de tamanha força que reverbera em dois contos de Conan Doyle presentes nesta coletânea: "A nova catacumba" e "O caso de lady Sannox". Mais à frente voltaremos a essas relações.

É importante mencionar que, tanto em "O gato preto" como em "O barril de Amontillado", são os próprios criminosos que contam suas histórias. Como é característico na obra do autor norte-americano, temos os narradores-personagens relatando inacreditáveis atos de crueldade e perversidade. Trata-se de uma escolha que intensifica o horror, já que nos aproxima de seus agentes. Poe, mais uma vez, consolida paradigmas dessa vertente literária.

"Pequena conversa com a múmia" (1845), por fim, ocupa lugar diferente no conjunto. É claramente satírico o relato de cientistas que, por meio da eletricidade, devolvem uma múmia à vida e dialogam com ela. À medida que a criatura questiona os homens, ela coloca em xeque sua autoridade. O conto surge, assim, como eloquente crítica à mentalidade norte-americana e aos excessos do século XIX. Aqui, temos Poe manuseando outro tipo de efeito estético: o humor.

LOVECRAFT: O TERRÍVEL
MESTRE DO HORROR CÓSMICO

Ainda que, na linha do tempo, H.P. Lovecraft esteja mais distante de Edgar Allan Poe, certamente encontra-se mais próximo no que se refere à estética. Pelo menos é o que se nota durante a leitura não somente de sua ficção, mas de seu longo ensaio *O horror sobrenatural na literatura*, escrito em 1927 e publicado somente em 1947, após sua morte. Entre inúmeros autores mencionados no livro, Poe é o único que recebe um capítulo exclusivo.

De acordo com Lovecraft, o triunfo do autor de *A narrativa de Arthur Gordon Pym* (1838) foi o estabelecimento de um "novo paradigma de realismo" dentro das narrativas fantásticas. Antes de Poe, ninguém havia esquadrinhado tão bem o território psicológico dos personagens, trabalhando "com um conhecimento analítico das verdadeiras fontes do terror que duplicava a força de suas narrativas e o emancipava de todos os absurdos inerentes à mera produção convencional de sustos".

Lovecraft aprendeu muito bem as lições de seu mestre. Como mencionamos antes, o cientificismo - que Poe trabalhou com tanta habilidade em "A verdade no caso do senhor Valdemar" e em outras obras — é uma das marcas da prosa lovecraftiana, uma vez que por toda ela encontramos esse "novo paradigma de realismo" na forma de narradores ou protagonistas absolutamente racionais, céticos. Em outras palavras, homens de ciência.

O conhecimento que enlouquece

No *pathos* de Lovecraft, tais personagens enfrentam uma jornada semelhante: deparam-se com um acontecimento ou uma descoberta insólita, que resolvem investigar. A cada novo indício encontrado, fica mais evidente que o ocorrido não obedece às leis criadas pela ciência humana que tanto lhes é cara; mas, dotados da curiosidade e da soberba características dos homens de razão, eles persistem. Quando enfim encontram o agente ou a causa do evento, é tarde demais: trata-se de algo que suas mentes não são capazes de entender. Acabam enlouquecendo ou suicidando-se.

As linhas acima descrevem a essência da ficção lovecraftiana, que tornou-se sinônimo de "horror cósmico" ou "medo cósmico". O termo foi muito usado pelo próprio autor para designar seu projeto estético, que, de acordo com o pesquisador brasileiro Caio Alexandre Bezarias, caracteriza-se pelo "mito cosmogônico". Autor de *A totalidade pelo horror: o mito na obra de Howard Phillips Lovecraft* (Annablume, 2010), Bezarias explica que o conceito se refere a "uma origem recuada de um cosmo organizado, do momento em que massas amorfas transformam-se em forças, em entidades e em planos distintos e separados". Trata-se do mito fundador, diante do qual todos os outros criados pela humanidade "dobram-se de modo inconteste".

Assim, os relatos de horror cósmico de Lovecraft remetem ao "começo de todos os seres [...] e estabelecem um limite intransponível para o conhecimento e entendimento humanos sobre esse princípio". São narrativas que oferecem vislumbres do caos primordial, muitas vezes na forma de criaturas indescritíveis. Por isso, afastam-se dos temas religiosos que, com frequência, são as fontes de assombro na literatura de horror (na forma de demônios, principalmente).

Somos poeira
Na obra de Lovecraft, assim como nos livros de inúmeros autores com quem ele se correspondeu e que por ele foram influenciados, o verdadeiro horror nasce da consciência da nossa insignificância diante do caos primordial. Seus relatos não permitem que nos esqueçamos de que somos poeira, e

nada mais; também nos lembram de que basta o despertar de alguma entidade antiquíssima para, como poeira, sermos varridos da existência.

Os textos aqui reunidos constituem poderosos exemplos dessa estética. Publicada originalmente em 1936, a novela "Nas montanhas da loucura" traz a história de uma expedição à Antártida em que são descobertos vestígios de uma civilização remota. A investigação leva a equipe a revelações sem precedentes e com consequências catastróficas. A história nos é contada pelo líder, Dr. William Dyer, professor da Universidade de Miskatonic — instituição ficcional que aparece em diversos outros contos, e que foi criada por Lovecraft para atribuir autoridade a seus narradores.

"A sombra de Innsmouth" (1936), "A cor que caiu do céu" (1927) e "O horror de Dunwich" (1929), por sua vez, têm como cenários o interior do país natal de Lovecraft, sempre na região da Nova Inglaterra, tão cara ao autor. Innsmouth é uma decrépita (e fictícia) cidade portuária no estado de Massachusetts onde o narrador é obrigado a passar a noite durante uma viagem. Lá, ele percebe que não são apenas os edifícios arruinados que chamam a atenção; há algo de muito errado com quem vive lá. Essa percepção o leva a uma investigação posterior, com descobertas novamente alucinantes.

"O horror de Dunwich" situa-se também em uma cidade decadente cuja população causa assombro. É lá que nasce a assustadora figura central da narrativa, Wilbur Whateney, cujas feições se assemelham às de um bode e que, em certa idade, envolve-se no que parecem ser rituais. Isso desperta a inquietação de um grupo de cientistas, que vão para Dunwich em busca de esclarecimentos. Encontram o diário de Whateney e, nele, as revelações que os lançam no epicentro do horror cósmico.

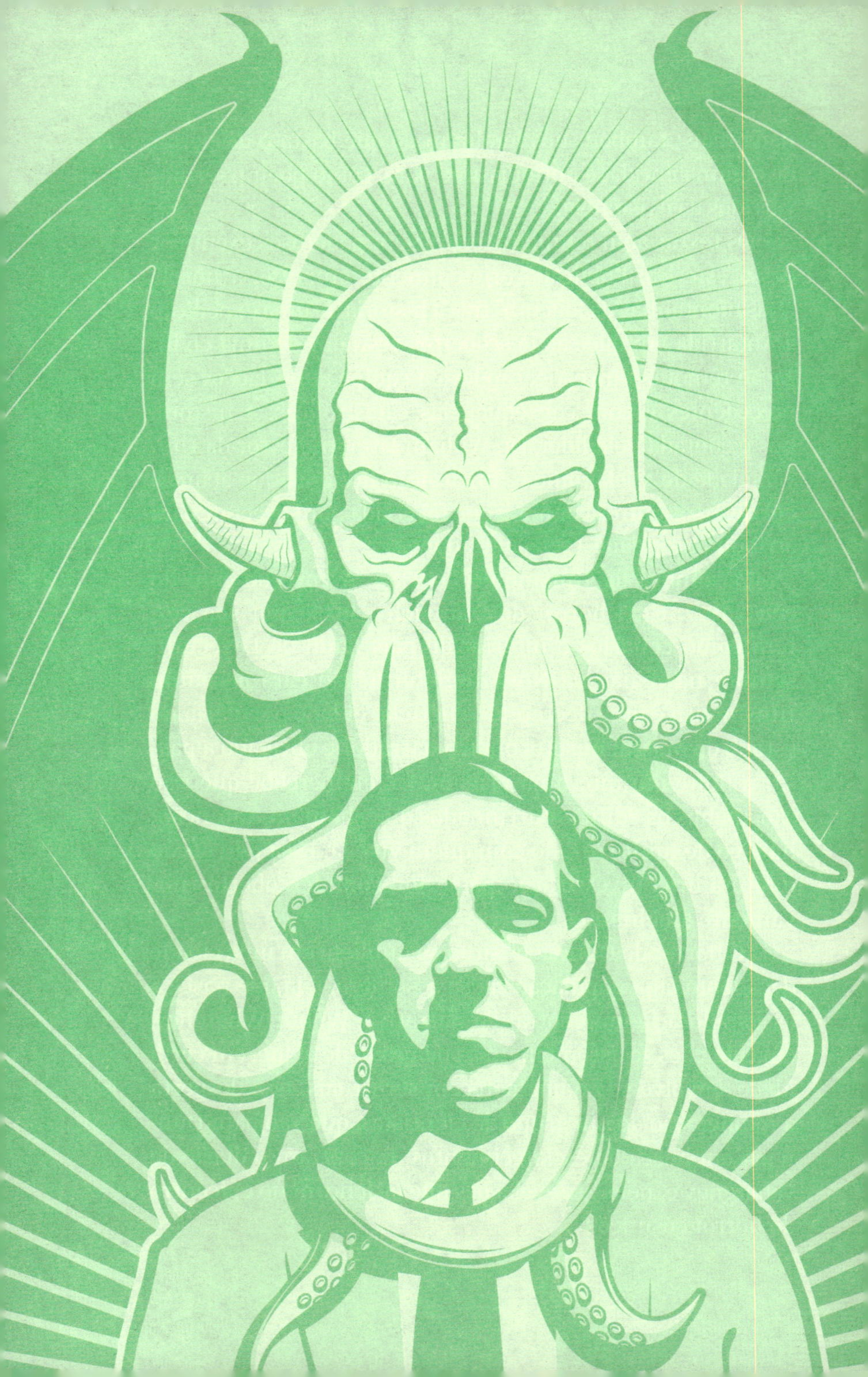

Já "A cor que caiu do céu" se passa em um vilarejo próximo à também ficcional Arkham, novamente em Massachusetts. Temos, aqui, outro narrador supostamente ancorado na razão: um topógrafo. No local, ele ouve falar da fazenda de Nahum Gardner, que é conhecida como "a charneca maldita". A má fama advém de um meteorito que, anos antes, caiu ali, espalhando pela região uma cor indefinível, que arruinou a vegetação, matou os animais e afetou profundamente as pessoas que ali viviam.

O ciclo de Cthulhu e o gótico
Os quatro relatos situam-se no chamado mito de Cthulhu, o universo ficcional povoado por "entidades mais antigas que o tempo e maiores que o espaço". As menções recorrentes a esse bestiário – bem como à fonte de todo conhecimento "arcano", o tomo fictício *Necronomicon* – contribuíram para sedimentar o imaginário lovecraftiano, que abasteceu e até hoje abastece a criação literária.

Por apresentar em detalhes a criatura que nomeia esse universo, o conto "O chamado de Cthulhu" (1928) tornou-se o mais conhecido de Lovecraft. A narrativa apresenta um arquivo investigativo em que os depoimentos seriam lidos de modo não linear, e revelariam um "culto nefasto a um ser mais antigo que o próprio tempo". A busca se inicia com uma pequena escultura de pedra e envolve um confronto com a própria entidade, nas regiões remotas do oceano Pacífico.

Por fim, o box traz "Os ratos nas paredes", breve obra-prima do horror que se constitui pela atmosfera e pela ambientação. Um membro de uma antiga e temida família inglesa decide voltar à sua terra de origem para reconstruir a mansão de seus ancestrais; e, à medida que o trabalho de restauração prossegue, o passado e as lendas de seus antepassados vêm à tona.

O relato não pertence ao ciclo de Cthulhu, mas revela como Lovecraft aprendeu as lições de Poe ao construir a narrativa com rigor e meticulosidade, sempre tendo em vista o efeito estético do horror. É, também, o texto mais pronunciadamente gótico entre as novelas e os contos lovecraftianos aqui reunidos, dada a centralidade da propriedade – o *locus horribilis* – na narrativa, e dada a ameaça que o passado representa para o presente.

CONAN DOYLE: O TERRÍVEL MESTRE DO ASSOMBRO

Nosso terceiro e último autor é o escocês Arthur Conan Doyle (1859-1930). O criador do detetive mais famoso da história também se aventurou pelo território do horror, e por diferentes caminhos. O conjunto de suas obras aqui reunidas nos permite acompanhar essa exploração; e, nela, reencontraremos os passos tanto de Poe como de Lovecraft.

Para isso, devemos revisitar brevemente a biografia do autor, em que há racionalidade e misticismo quase na mesma medida. Afinal, seu nome também é inseparável de uma acentuada crença no sobrenatural – principalmente a partir de 1916, quando ele declara abertamente sua fé em correntes então vigentes do espiritualismo.

Ora, como pôde o criador do personagem mais racional da literatura acreditar com tanto fervor naquilo que a ciência não explica? Bem, essa possível contradição é uma característica biográfica fundamental de Conan Doyle e não deve ser desprezada. Pois parece ser justamente dos duelos entre razão e crenças que surgem alguns dos contos reunidos neste box. São eles: "O caso de lady Sannox", "A nova catacumba", "O gato brasileiro", "O funil de couro", "O terror da Fenda de Blue John" e "O horror das alturas". Uma coletânea que registra o fascínio de Conan Doyle pelo que está além da explicação lógica, científica,

Lovecraft, Poe e Huysmans

A atração do autor pelo desconhecido e pelo sobrenatural expressa-se com mais intensidade em algumas histórias. Falamos especificamente de "O horror das alturas" (1913), que nos apresenta a um aviador decidido a quebrar um recorde de altitude, mas que acaba se deparando com criaturas tão assustadoras quanto gigantescas, cuja descrição remete às de Lovecraft.

Se esse relato aposta na elevação, outra narrativa parte em sentido contrário: o subterrâneo. Trata-se de "O terror da fenda de Blue John" (1910), em que um homem solitário percorre cavernas em busca de uma criatura "como nenhum pesadelo jamais trouxera à minha imaginação". Da mesma forma, o embate entre homens e feras será o fundamento de "O gato brasileiro" (1898), em que a tensão e o suspense são habilmente trabalhados pelo autor.

Já em outros contos, é saliente a influência de Edgar Allan Poe. Conan Doyle o tinha como "um modelo para todas as horas" e não escondia o fato de que seu Sherlock Holmes seguia de perto os passos deixados por C. Auguste Dupin - o personagem de inteligência extraordinária criado pelo autor norte-americano para solucionar crimes em narrativas diferentes.

No campo do horror, o escritor escocês também é tributário de Poe. A vingança e a perversidade reaparecem aqui nos contos "A nova catacumba" (1898) e "O caso de Lady Sannox" (1893). O primeiro tem estrutura semelhante à de "O barril de Amontillado", em que um homem cuja honra fora manchada arquiteta perversamente o revide contra o rival. No entanto, partindo de Poe, o criador de Sherlock Holmes percorre um caminho próprio, fazendo uso de seu gênio narrativo para intensificar a surpresa causada pelo relato.

Ainda no território das influências de Conan Doyle, encontramos outro nome capaz de causar arrepios em quem o conhece: o francês J.-K. Huysmans (1848-1947). Seu romance *Nas profundezas* (1891) marcou época pela descrição detalhada de missas negras e de torturas conduzidas pelo padre Docre, personagem misterioso e assustador. A influência de Huysmans é evidente em "O funil de couro" (1929): no conto, o narrador passa a noite - e vive uma experiência aterrorizante - na casa de um amigo interessado por ocultismo e aficionado por missas satânicas. O nome dele? *Dacre*.

Devemos mencionar, ainda, os traços góticos que permeiam as narrativas de Conan Doyle. Em maior ou menor medida, cada conto deve um tributo à vertente fundadora das histórias assustadoras. Sobretudo na composição de espaços e ambientes: se a ação se desenvolve em criptas, catacumbas, regiões isoladas ou espaços povoados por espectros, é graças ao *locus horribilis* da literatura gótica. Se a noite e a escuridão predominam nas histórias, também. Ou mesmo se nelas encontramos personagens essencialmente maus, satânicos, assustadores – e por isso fascinantes –, é a Horace Walpole, Ann Radcliffe, Matthew Gregory Lewis e tantos outros mestres da narrativa gótica que devemos agradecer.

OS MESTRES E A POTÊNCIA DO HORROR

Tais são os autores contemplados nesta coletânea inédita, que assume um valioso caráter historiográfico. Pois os contos e as novelas aqui reunidos registram três momentos centrais para o que hoje conhecemos como as narrativas literárias de horror: a concepção e a edificação de suas estruturas discursivas, por meio da ficção e da reflexão crítica de Edgar Allan Poe; a expansão de seus domínios rumo ao vasto cosmos, pelas mãos de H.P. Lovecraft; e o fascinante confronto entre o raciocínio lógico e o inexplicável empreendido por Sir Arthur Conan Doyle.

Em conjunto, as 18 histórias deste box também exprimem as *potências* da ficção de horror. Variados em temas e formas, os relatos exploram as possibilidades de uma vertente literária que, com o tempo, só foi se enriquecendo, incorporando transformações sociais, eventos capitais e traumas de gerações seguintes. Com o reforço (benéfico) do cinema e de outras formas artísticas, essas narrativas popularizaram-se; hoje, alcançam e fascinam milhões de pessoas em todo o mundo. Sinal inquestionável de que aquele efeito, tão febrilmente perseguido por Poe, Lovecraft, Conan Doyle e inúmeros outros, preserva a mesma força de 174 anos atrás.

EDIÇÃO DE TEXTO E DE ARTE: João Paulo Putini
CAPA: Jacob Paes
REVISÃO: Equipe Novo Século

fontes
greta pro display
nue gothic round

@novoseculoeditora
nas redes sociais

gruponovoseculo.com.br